Johan Severin Svendsen

Symphonie No. 2, B dur, für Orchester. Op. 15. Clavierauszug zu vier Händen von Alois Reckendorf

Johan Severin Svendsen

Symphonie No. 2, B dur, für Orchester. Op. 15. Clavierauszug zu vier Händen von Alois Reckendorf

Unveränderter Nachdruck der Originalausgabe von 1877.

1. Auflage 2024 | ISBN: 978-3-38634-571-2

Antigonos Verlag ist ein Imprint der Outlook Verlagsgesellschaft mbH.

Verlag: Outlook Verlag GmbH, Zeilweg 44, 60439 Frankfurt, Deutschland, info@outlook-verlag.de
Vertretungsberechtigt: E. Roepke, Zeilweg 44, 60439 Frankfurt, Deutschland
Druck: Libri Plureos GmbH, Friedensallee 273, 22763 Hamburg, Deutschland

Herrn Consul Dr F. G. Schulz gewidmet.

SYMPHONIE

(N° 2, B dur)

für Orchester

von

JOHAN S. SVENDSEN.

Op. 15.

Partitur . . . . Pr. 12 M. netto.
Orchesterstimmen cplt. . . . . . Pr. 24 M.

(Daraus einzeln: Violine I. 2 M. Violine II., Bratsche, Violoncell, Contrabass à 1 M. 50 Pf.)

Clavierauszug zu vier Händen von Alois Reckendorf. Pr. **10 M.**

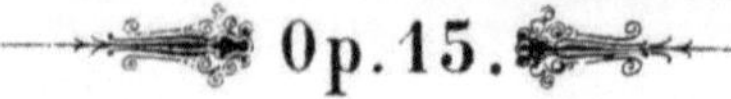

Eigenthum des Verlegers für alle Länder.

LEIPZIG, E. W. FRITZSCH.

ST. PETERSBURG, M. BERNARD.
STRASSBURG, ZÜRICH, BASEL UND ST. GALLEN, GEBR. HUG.
LONDON, STANLEY LUCAS, WEBER & Co
NEW-YORK, G. SCHIRMER.

1877.

343. 344. 350.

SYMPHONIE N°2.(Bdur)

SECONDO.

I.

JOHAN S. SVENDSEN, Op.15.

E.W.F.344 L.

SYMPHONIE No. 2.(Bdur.)

PRIMO.

I.

SECONDO.
4
B
ff
fz fz fz fz fz
mf
p
p
cresc.
C
f
2
fp
p
E.W.F. 344 L.

B
PRIMO.
ff fz
fz fz fz fz fz fz
p
cresc.
f
pp
p
C
p

SECONDO.

D
mp
cresc.
fz
ff
dim.
p
1.
2.
mp
molto cresc.
fz
fz
fz
fz
ff
1
1
1

SECONDO.

PRIMO.
9
E
F
G
mf cresc.
ff
p
p
p

SECONDO.

PRIMO.
H
dim.
p
cresc.
mf
dim.
p
I
ff
8
8
K
8
f
E.W.F. 344 L.

SECONDO.

SECONDO.

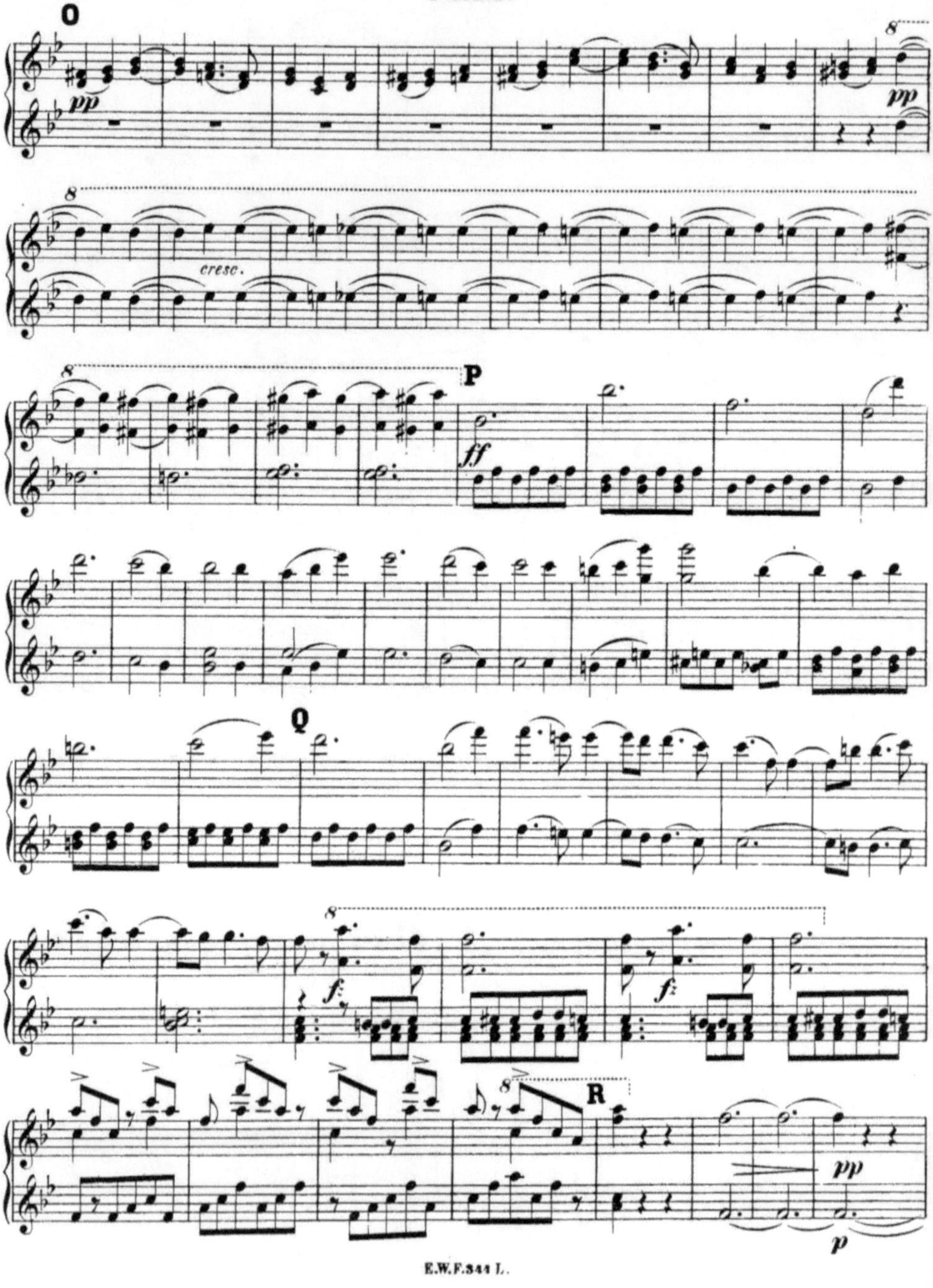
O
pp
8
pp
8
cresc.
8
P
ff
Q
8
f
f
8
R
pp
p

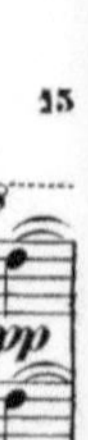

SECONDO.

molto cresc.
f
pp
S
pp
poco
ritin.
Tempo I.
p
cresc.
T
ff
f.
f.
f.
E.W.F.344 L.

molto cresc.
S
pp trem
pp
poco riten.
Tempo I.
p
pp
cresc.
T
ff
8
f
f
f
8
f
p

SECONDO.

PRIMO.
cresc.
f
dim.
U
p
p
cresc.
f
8
8
V
cresc.
8
ff
8
cresc.
E.W.F. 344 L.

SECONDO.

II.

Andante sostenuto. (M.M. ♩ = 66.)

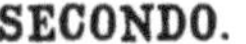

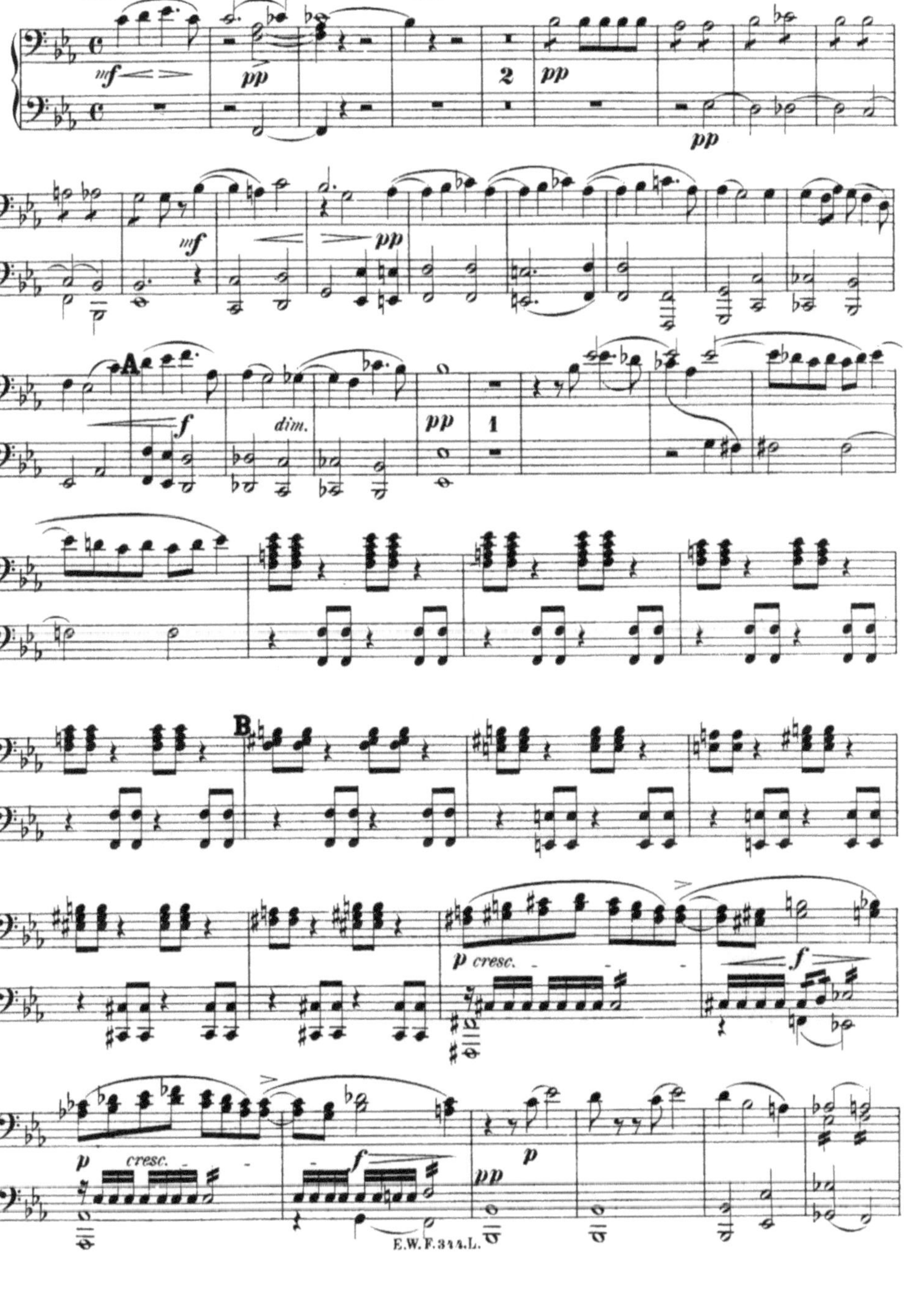

II.

SECONDO.

PRIMO.
23
C
D
p
p
cresc.
mf
f
f
ff
p
p
cresc.
dim.
p
mf
f
f
ff
E.W.F. 344. L.

SECONDO.

E
pp
p
pp
F
ff
8
8
8
pp
ppp
p
pp
dim.
morendo
pp
Ped.
E.W.F. 344.L.

SECONDO.
III.
Intermezzo.

PRIMO.
III.
Intermezzo.
Allegro giusto.(M.M. ♩= 116.)
A
B
E.W.F.344.L.

SECONDO.

cresc.
p
mf
p
p
E.W.F. 344.L.

SECONDO.

D
PRIMO.
p
p
8
8
pp
pp
8
p
cresc.
f
ppp
p
8
8
E
f
p
f
f
8
f
p
f
E.W.F.344.L.

SECONDO.

SECONDO.

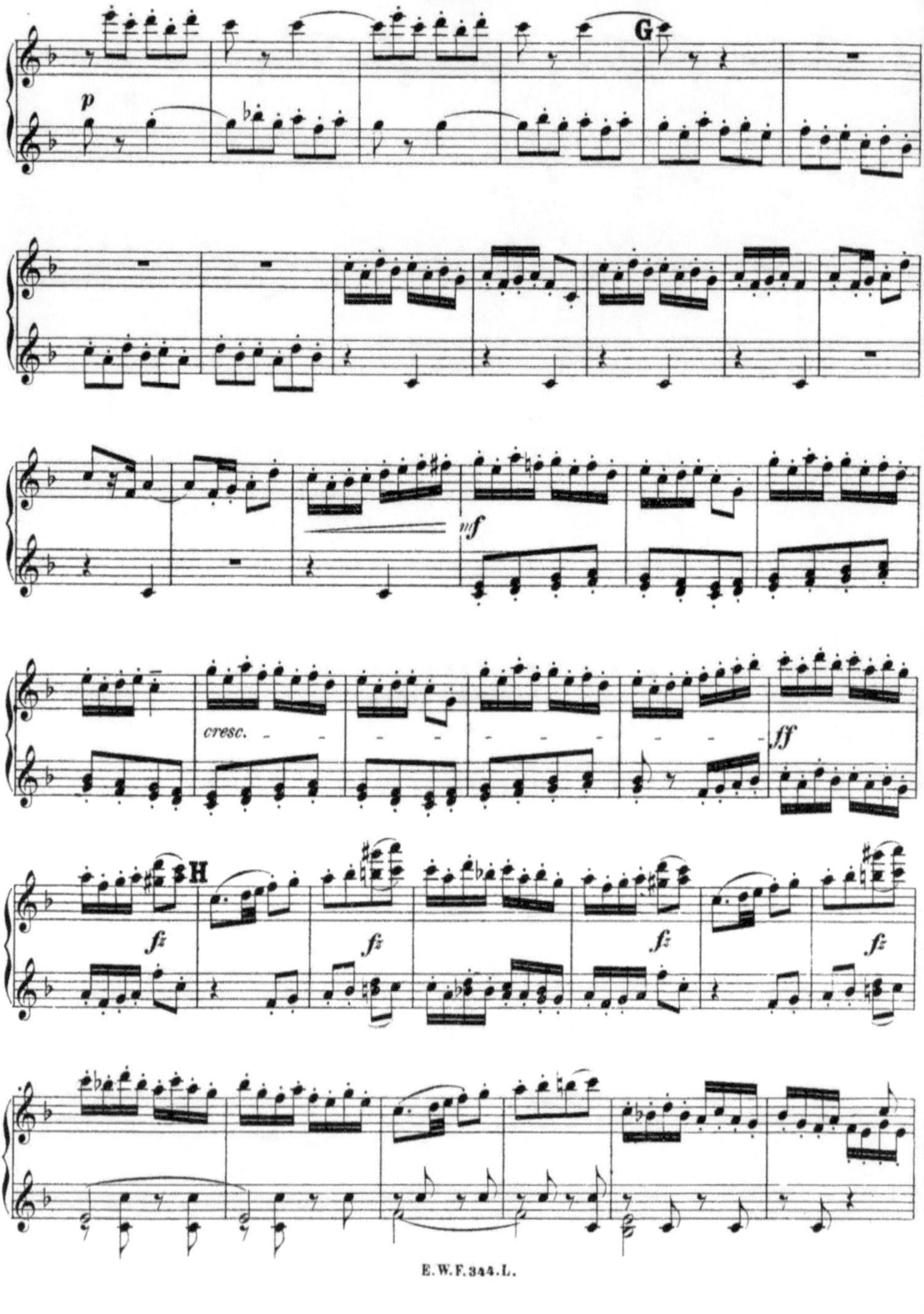
G
p
mf
cresc.
ff
H
fz
fz
fz
fz

SECONDO.

E. W. F. 344. L.

SECONDO.
IV.
Finale.

PRIMO.
IV.
Finale.

E.W.F. 344. L.

pp
pp
molto cresc.
f
C
p
p
cresc.
ff

5 p
p
molto cresc.
f
C
p
p cresc.
ff
E. W. F. 344. L.

42
SECONDO.
pp
ff
dim. p
D
ff fz fz
p p
p
p cresc. _ _ _ f p cresc.
E. W. F. 344. L.

PRIMO.
p
pp
ff
dim.
p
cresc.
ff
D
ff
1
p
p
p
pp
p cresc.
f
p cresc.

SECONDO.
E
F

PRIMO
f
dim.
p dim.
E
pp p
p
3 3
3 3 3 3
cresc.
ff
F
pp
pp
bb b
E.W.F.344.L.

SECONDO.

PRIMO.
pp
p
p
pp
G
p
cresc.
f
f
3 3 3 3 3 3
ff
f 3 3 3 3 3 3 3
8
8
H

SECONDO.

PRIMO.
fff
dimin.
I
dimin.
p
pp
K
p
dimin.
pp
ppp
E.W.F.344.L.

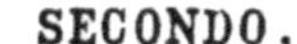

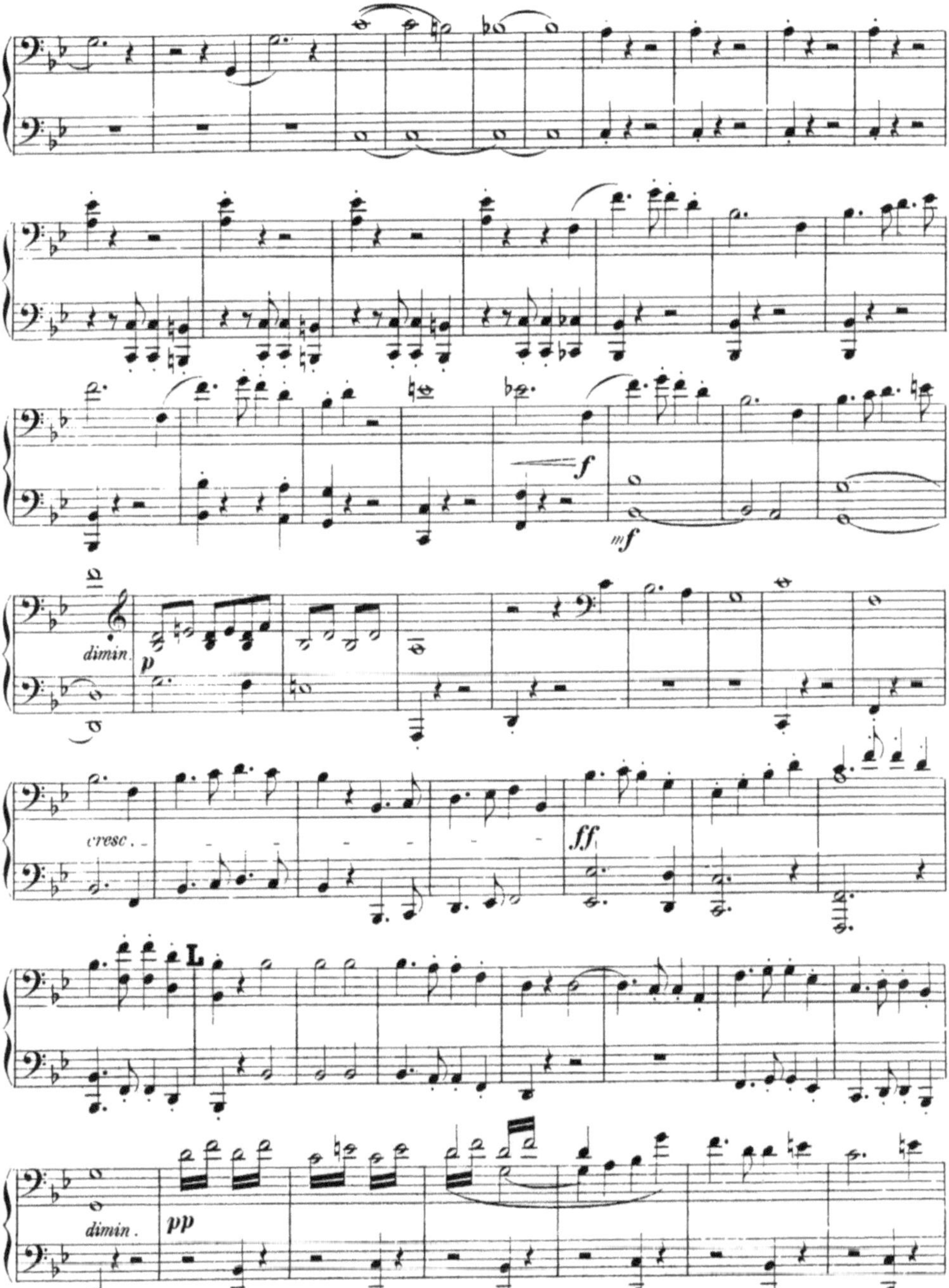
dimin.
p
mf
f
cresc.
ff
L
dimin.
pp

PRIMO.
p
pp
mf
dimin.
p
cresc.
ff
L
p
pp
E.W.F.344.L.

ff
dim.
p
M
pp
pp

ff
dim. pp
p
M
p
dim. pp
pp

SECONDO.

cresc.
N
8
cresc.
pp
pp
O
p
p

SECONDO.

PRIMO.
P
p
pp
p cresc.
f > p cresc.
f
dim.
Q
pp
p
3 3 3 3
cresc.
ff
R
E.W.F. 344 L.

58
SECONDO.
poco a poco accel. al
Stretto. (♩ 160)
S.
1
mf
cresc.
trem.
ff
trem.
E.W.F. 344 L.

PRIMO.
f poco a poco accel. al
f
Stretto. (♩ 160)
cresc.
ff
S.